红色圆圈的冒险

第1章。

"好吧，沃伦太太，我看不出您有造成不安的任何特殊原因，我也不明白为什么我的时间很有价值，为什么我会对此事进行干预。我确实还有其他事情要吸引我。" 夏洛克·福尔摩斯如此说道，然后转回那本伟大的剪贴簿，在那本剪贴簿中他正在整理和索引他的一些近期资料。

但是女房东却具有她的性取向和狡猾性。她坚定了自己的立场。

她说："您去年安排了我的房客的婚外情，费尔菲尔德·霍布斯先生。"

"啊，是的，这很简单。"

"但是他永远不会停止谈论它-您的好意，先生，以及您将光明带入黑暗的方式。当我感到疑惑时，我想起了他的话，而我自己却想起了黑暗。我知道，如果您愿意，您可以。"

福尔摩斯在奉承方面是可及的，并且为了善待他，在善良方面也可使他公义。这两股力量使他叹息着放下口香糖，然后向后推椅子。

"好吧，沃伦太太，那么让我们听听吧。我不反对吸烟吗？谢谢你，沃森-火柴！据我所知，你很不安，因为你的新房客仍然留在他的房间里，你看不见他。沃伦夫人，为什么，请祝福你，如果我是你的房客，那么你常常要连续数周才能见到我。"

"毫无疑问，先生；但这是不同的。福尔摩斯先生，这使我感到恐惧。我睡不着觉。听到他迅速的行动，从清晨到深夜搬到这里，却从未被抓住。我的丈夫对我一样紧张，但是他
整日不在工作，而我却没有休息，他在躲藏什么呢？"
他做了什么？"除了那个女孩，我和他在一起独自一人，这超出了我的神经。

福尔摩斯俯身向前，将纤细的长手指放在女人的肩膀上。当他希望时，他几乎具有催眠作用。恐惧的表情从她的眼睛中消失了，激动的神情变得平常无奇。她坐在他指示的椅子上。

他说："如果我接受它，我必须了解每一个细节。""花点时间考虑一下。最小的一点可能是最重要的。你说那个人是十天前来的，付了你两周的食宿费用？"

"他问我的条件，先生。我说每周五十先令。房子的顶上有一间小客厅和一间卧室，全部都齐全。"

"好？"

"他说，'如果我能按自己的条件支付，我将每周付给你五英镑。'我是个可怜的女人，先生，沃伦先生挣的钱很少，这笔钱对我来说意义重大。他掏出十英镑的钞票，然后在那儿拿给我。他说，如果您遵守条款，则每两个星期很长一段时间，否则，我将不再与您有任何关系。"

"这些词是什么？"

"好吧，先生，是因为他要把房子的钥匙。没关系。房客经常有他们。而且，他应该完全留给自己，决不要以任何借口被打扰。"

"那没什么好说的吗？"

"先生，不是有道理的，但是，这完全是出于道理。他已经在那里呆了十天，沃伦先生，我，女孩也都没有看过他。我们可以听到他迈出的那一步。上下，上下，夜晚，早晨和中午来回走动；但除了那第一夜，他再也没有走出过家门。"

"哦，他是第一天晚上出去的，对吗？"

"是的，先生，很晚才回来-我们都躺在床上之后。他告诉我，他上完房间后要他这样做，并要求我不要开门。我听说他午夜过后上了楼梯。。"

"但是他的饭菜？"

"这是他的特定方向，我们应该总是在他响起时，将饭菜放在门外的椅子上。然后，他吃完饭再响，我们从同一把椅子上取下来。如果他想要其他东西，他将其打印在一张纸上并留下。"

"打印吗？"

"是的，先生；用铅笔打印。只是这个词，仅此而已。这是我带给你的肥皂-肥皂。这是另一场比赛。这是他第一天早上离开的-每日宪报。我离开每天早上他的早餐纸。"

"亲爱的沃森，"亲戚们好奇地望着房东交给他的傻瓜纸，"这当然有点不寻常。我可以理解的隐居；但是为什么印刷？印刷是一个笨拙的过程。为什么不写？沃森，这有什么建议？"

"他想隐瞒自己的笔迹。"

"但是为什么？对他的房东来说应该写些什么话对他来说有什么意义呢？还是，正如你所说的那样。那么，为什么还要这样简单的信息呢？"

"我不敢想象。"

"这为进行智能猜测开辟了一个令人愉悦的领域。这些单词是用一种不寻常的图案的，带有紫罗兰色铅笔的宽尖铅笔书写的。您会发现打印完成后，纸张在这里被撕掉了，所以沃森（）是不是暗示了"肥皂"的"部分"消失了？"

"谨慎？"

"是的。显然有一些痕迹，一些指纹，可能为该人的身份提供线索。现在。沃伦太太，你说这个人中等身材，黝黑，有胡子。他要几岁？"

"年轻，先生-不超过三十岁。"

"好吧，你能不能给我进一步的迹象吗？"

"先生，他英语说得很好，但我以他的口音以为他是外国人。"

"他穿得好吗?"

"长官,衣着打扮很聪明,先生先生。深色衣服,没什么可注意的。"

"他没有名字吗?"

"不,先生。"

"并且没有信件或来电者吗?"

"没有。"

"但是可以肯定,你还是那个女孩进入他早晨的房间?"

"不,先生;他完全照顾自己。"

"亲爱的我!这真是了不起。他的行李呢?"

"他有一个大棕色袋子,别无其他。"

"好吧,我们似乎没有多少材料可以帮助我们。您是否说那间屋子里什么都没有,绝对没有?"

女房东从她的包里掏出一个信封。她从中掏出两根火柴和一根烟头放在桌子上。

"他们今天早上在他的托盘上。我带来了它们,是因为听说您可以从小东西中读到很棒的东西。"

福尔摩斯耸了耸肩膀。

他说:"这里什么都没有。""当然,火柴是用来点燃香烟的,从燃烧的末端的短处可以明显看出。火柴的一半是用来点燃烟斗或雪茄的。但是,亲爱的我!这个烟蒂绝对是杰出的。"绅士长胡须,你说?

"是的先生。"

"我不明白。我应该说,只有一个剃光的男人可以抽烟。为什么沃森,甚至连你那小小的胡须也都会被烧掉。"

"持有人?"我建议。

"不,不,末端杂乱无章。沃伦夫人,我想你的房间里不能有两个人吗?"

"不,先生。他吃得太少了,我常常想知道它能使人合一。"

"好吧,我认为我们必须等待更多的材料。毕竟,您没有什么可抱怨的。您已经收到了房租,尽管他肯定是不寻常的房客,但他并不是麻烦的房客。他付给您的钱不错,而且如果他选择隐瞒谎言,这与您无关。我们没有借口侵犯他的隐私,除非我们有理由认为这是有罪的。我已经解决了这个问题,如果有任何新鲜事发生,请报告给我,并在需要时依靠我的帮助。

沃森说:"在这种情况下,沃森肯定有一些兴趣点。""当然,它可能是微不足道的-个别的怪癖;或者它可能比表面上出现的要深得多。第一件事是,明显的可能是现在房间里的人可能与房间里的人完全不同。一个与他们订婚的人。"

"你为什么这样想？"

"好吧，除了这个烟头之外，难道不是房客唯一一次出门是在他刚洗完房间之后出来的？当所有证人都挡开时，他回来了-或者有人回来了。我们没有证据可以证明回来的人是外出的人，然后，再次进入房间的那个人的英语说得很好，但是，当应该是"匹配项"时，另一方会打印"匹配项"。我可以想象这个词是从字典中取出的，字典中会给出名词而不是复数形式。简洁的风格可能是掩盖了对英语的了解。是的，沃森，有充分的理由怀疑其中有是房客的替代品。"

"但是目的何在？"

"啊！这是我们的问题。有一个相当明显的调查领域。"他记下了那本伟大的书，他每天都在其中整理各种伦敦期刊的痛苦专栏。"亲爱的我！"他说，翻过书页说："，吟，哭泣和嘶哑的合唱声！简直是一堆破烂的奇特的事！但肯定是有史以来给最不寻常的学生提供的最有价值的狩猎场！这个人！是一个人，在不违反绝对保密原则的情况下，不能通过信件与他联系，如何从他那里获得任何新闻或消息，显然是通过报纸刊登广告，似乎没有其他途径，幸运的是，我们需要关注自己只有一张纸，这是最后两周的每日公报摘录，"王子的溜冰俱乐部里有黑色蟒蛇的女士"-我们可以通过。"吉米肯定不会伤到他母亲的心"-无关紧要的是，"如果那位在布里克斯顿公车上晕倒的女士"-她对我不感兴趣，"每一天我的心都渴望-"华特森不休，不休！嗯，这可能更多。这："请耐心等待。会发现一些确定的沟通方式。与此同时，本专栏。。'太太两天后 沃伦的房客到了。听起来很合理，不是吗？那个神秘的人即使不会说英语也能听懂英语。让我们看看是否可以再次获取踪迹。是的，我们在这里-三天后。我正在成功安排。耐心和谨慎。云将过去。。'在那之后的一个星期里什么都没有。然后是更明确的东西："道路正在清理。如果我发现机会信号消息，请记住已同意的代码-一个，两个，依此类推。您很快就会听到。。'那是在昨天的报纸上，而今天没有。这对太太来说非常合适。沃伦的房客。沃森，如果我们稍等一下，我毫不怀疑这件事会变得更加清晰。"

事实证明 因为早上我发现我的朋友站在壁炉旁，背对着火，脸上充满了满满的微笑。

"这怎么样，沃森？"他哭了起来，从桌子上捡起纸。""高高的红色房子，上面铺着白色的石头。三楼。还剩下第二扇窗户。黄昏之后。这足够肯定了。我想早餐后我们必须对沃伦太太的邻居作些调查。啊，沃伦太太！今天早上你给我们带来了什么消息？

我们的客户突然以爆炸性的能量闯入房间，这讲述了一些新的重大进展。

"这是警察的事，福尔摩斯先生！"她哭了。"我将一无所有！他将带着行李从那里收拾东西。我会径直走过去告诉他，只有我认为您首先接受您的意见对您来说是公平的。但是我在我忍耐的尽头，当要敲打我的老人时-"

"敲敲沃伦先生？"

"无论如何粗暴地使用他。"

"但是谁粗暴地使用了他？"

"啊!这就是我们想知道的!今天早上,先生。沃伦先生是托特纳姆法院路的莫顿和路灯公司的计时器。他必须在七点钟之前出门。好吧,今天早上,他已经当两个人走到他身后,在他的头上披上一件大衣,然后将他捆在路边旁边的出租车上时,他们并没有走十步,他们开了一个小时,然后开门把他开了枪。他躺在人行道上,机智动摇,以至于从没见过出租车的情况,当他起身时发现自己在汉普斯特德荒地;于是他乘公共汽车回家,现在他躺在沙发上,而我径直告诉你发生了什么事。"

霍姆斯说:"最有趣。""他观察到这些人的模样了吗?他听到他们说话了吗?"

"不,他很茫然。他只知道他被魔术提起了,好像魔术般掉了下来。里面至少有两个,也许是三个。"

"然后您将这次攻击与您的房客联系起来?"

"好吧,我们已经在那里住了十五年了,从来没有这样的事情发生过。我受够了他。钱不是万能的。我要在一天结束之前把他带出我的房子。"

"稍等一下,沃伦夫人。不要轻举妄动。我开始认为这件事可能比一见钟情更为重要。现在很明显,有些危险正在威胁您的房客。同样清楚的是,他的房客敌人躺在门前等他,在雾蒙蒙的晨光中误以为是他的丈夫。发现他们的错误后,他们释放了他。如果不是错误,他们会怎么做,我们只能猜想。"

"好吧,福尔摩斯先生,我该怎么办?"

"我很想见你的这个房客,沃伦夫人。"

"除非你闯进门,否则我不知道该如何处理。离开托盘后,我从楼梯上走下来时,我总是听到他将门解锁。"

"他必须把盘子放进去。我们当然可以掩饰自己,然后看他去做。"

女房东想了一下。

"好吧,先生,那是对面的储物室。也许我可以安排一个窥视镜,如果你在门后-

"优秀的!"福尔摩斯说。"他什么时候吃午饭?"

"大约一个,先生。"

"那我和沃森博士会及时到来的。就目前而言,沃伦夫人,再见。"

在过去十二点半,我们发现自己已经走上了太太的脚步。沃伦()的房子-大奥尔姆大街上高而薄的黄砖大厦,是大英博物馆东北侧的狭窄通道。像街道拐角处一样站立着,它可以看到豪威街上的风景,还有更朴实的房屋。霍姆斯轻笑着指向其中一排排突出的住宅公寓,这样他们就不会引人注目。

"看,沃森!"他说。"'高高的红色房子,有石头装饰。"那里有信号站,我们知道位置,我们知道代码;因此,我们的任务应该很简单:在该窗口中有一张"放手"卡,这显然是同盟国可以进入的空公寓好吧,沃伦夫人,现在怎么办?"

"我已经为你准备好了。如果你们俩都上来,把靴子放在地上,我现在就把你放在那里。"

这是她安排的一个极好的藏身之地。镜子被放置在黑暗中,我们可以很清楚地看到对面的门。太太,我们几乎没有安顿下来。当一个遥远的叮当声宣布我们的神秘邻居已经哭了,沃伦离开了我们。目前,房东带着托盘出现了,放到关着的门旁边的椅子上,然后踩着大脚走了。蹲在门的角度,我们的眼睛一直盯着镜子。突然,房东的脚步声渐渐消失了,那是一把钥匙的吱吱作响,把手旋转了,两只纤细的手飞了出来,将托盘从椅子上抬起。过了一会儿,它匆匆更换了,我瞥见了一眼黑暗,美丽,惊恐的脸庞,瞪着盒子间狭窄的开口。然后门撞上了,钥匙又转了一次,全是寂静。福尔摩斯扭动我的袖子,我们一起走下了楼梯。

他对准房东说:"我晚上会再打来。""我认为,沃森,我们可以在自己的地方更好地讨论这项业务。"

"从我看来,我的猜测是正确的,"他从安乐椅的深处说。"有人代替了房客。我没有预见到,我们应该找到一个女人,而不是普通女人,沃森。"

"她看到了我们。"

"好吧,她看到了一些要惊动她的东西。可以肯定。事件的一般顺序很清楚,不是吗?一对夫妇在伦敦遇到了非常可怕和紧急的避难所。这种危险的程度是他们必须做的工作的男人希望让女人在做事时绝对安全,这不是一个容易的问题,但是他以一种原始的方式解决了问题,并且有效地解决了她的存在甚至没有为提供食物的房东所知,现在印刷出来的信息是为了防止她的文字被发现，男人不能靠近女人，否则他会把敌人引向她。由于他无法直接与她沟通，因此他只能求助于论文的痛苦专栏。到目前为止，一切都清楚。"

"但是到底是什么呢？"

"啊，是的，沃森，像往常一样非常实用！这是什么根源？沃伦夫人的异想天开的问题在某种程度上扩大了，并且在我们前进的过程中呈现出更加险恶的一面。我们可以这么说：这不是普通的恋爱逃逸，你看到女人的脸有危险的迹象，我们也听说过对房东的袭击，这无疑是针对房客的，这些警报和对保密的迫切需求都在争辩这是生死攸关的事件。对沃伦先生的攻击进一步表明，无论敌人是谁，他们自己都不知道用女性寄宿者代替男性，这是非常奇怪而又复杂的沃森。"

"为什么要在其中走得更远？您从中得到什么？"

"什么，的确是吗？这是为了艺术而造的艺术，沃森。我想当你当医生时，你发现自己无需花费任何费用就可以研究案件吗？"

"为了我的教育，福尔摩斯。"

"教育永无止境，沃森。这是一系列的教训，最后的是最大的教训。这是一个有启发性的案例。其中既没有金钱也没有信誉，但人们还是希望整理一下。当黄昏来临时，我们应该在调查中发现自己前进了一个阶段。"

当我们回到太太。在沃伦的房间里，伦敦冬夜的阴霾已浓密地变成了一个灰色的窗帘，一种死寂的单调色彩，只被窗户的黄色尖角和煤气灯的模糊光晕打破。当我们从那间昏暗的起居室里凝视时,又有昏暗的光线高高地从朦胧的光线中闪了起来。

霍姆斯低声说:"有人在那个房间里移动。"他的表情和急切的脸向前扑向窗玻璃。"是的,我可以看到他的影子。他又在那里!他手里拿着蜡烛。现在他在凝视着他。他想确保她正在监视。现在他开始眨了眨眼。沃森(),我们可能会互相核对一下-一次闪光-肯定是,现在,然后,您做了多少次?二十个,所以。的意思是。-足够清晰。再说一遍,这肯定是第二个单词的开头,那么,-帐篷,死站,那不可能是全部,沃森吗?,除非你是一个人的名字的缩写,否则它又会出现!那是什么?-为什么,这是同样的信息呢?好奇,沃森,非常好奇。现在他又离开了!在-为什么要重复这是第三次了,了三遍!他会重复多少次?不,那似乎已经完成了。他已经从窗户上撤了下来。你怎么做的沃森?"

"密码,福尔摩斯。"

我的同伴突然感到一阵轻笑。沃森说:"而且密码也不是很模糊。"他说。"为什么当然是意大利语!这意味着它是针对女性的。'当心!当心!当心!'"怎么了,沃森?

"我相信你已经做到了。"

"这毫无疑问。这是一个非常紧急的信息,三遍又三遍使它变得更加如此。但是要注意什么?等一下,他再次来到窗前。"

信号再次发出时,我们再次看到了一个蹲着的人的朦胧轮廓和窗户上小火焰的拂拂。他们比以前来得更快-如此之快以至于很难跟随他们。

"佩里科洛-佩里科洛-嗯，那是沃森吗？'危险，不是吗？是的，根据乔夫的说法，这是一个危险信号。他又去了！

灯光突然熄灭，闪烁的窗户正方形消失了，三楼在高耸的建筑物周围形成了一个黑带，上面镶着一层层闪亮的窗。最后的警告声突然被中断了。怎么做，由谁做？我们俩立即都想到了同样的想法。福尔摩斯从他蹲在窗边的地方突然冒出。

"这是严重的，沃森，"他哭了。"有一些魔鬼正在前进！为什么这样的信息会以这种方式停止？我应该让苏格兰院子与这项业务保持联系，但是，这对我们来说太迫切了。"

"我可以去报警吗？"

"我们必须更加清楚地定义这种情况。它可能会有一些无辜的解释。屈臣氏来吧，让我们越过自己，看看我们能从中做出什么。"

第二部分

当我们迅速沿着豪威街走时，我回头看了一眼我们离开的那栋建筑物。在那里，在顶部窗口的轮廓模糊，我可以看到一个头的阴影，一个女人的头，僵硬地凝视着夜，一直到深夜，等待着喘不过气的悬念，等待那条中断的信息的更新。在豪街公寓的门口，一个穿着围巾和外套的男人闷闷不乐，靠在栏杆上。当大厅的灯光落在我们脸上时，他开始了。

"福尔摩斯！"他哭了。

"为什么，格雷格森！"我的同伴与苏格兰侦探握手时说。"旅程以恋人聚会结束。什么使您来到这里？"

格雷格森说："我希望带给你同样的理由。""你怎么做到的，我无法想象。"

"不同的线程，但是导致相同的纠缠。我一直在接受信号。"

"信号？"

"是的，从那扇窗户出来。他们在中间破裂了。我们走过来看看原因。但是由于它在您手中是安全的，所以我没有理由继续这项业务。"

"稍等一会！"格雷格森急切地哭了。"福尔摩斯先生，我将以这种公正为您，我从来没有遇到过让您站在我身边而感到更坚强的情况。这些公寓只有一个出口，所以我们让他安全。"

"他是谁？"

"好吧，好吧，福尔摩斯先生，我们一次给你打分。这次你必须给我们最好的。"他猛地用棍子把棍棒撞到了地面上，一辆出租车司机手里拿着鞭子，从停在街对面的四轮摩托车上溜下来。"我可以介绍你给福尔摩斯先生吗？"他对出租车司机说。"这是平克顿美国公司的杠杆顿先生。"

"长岛洞穴之谜的英雄？"福尔摩斯说。"先生，我很高兴见到你。"

这位美国人是一个安静，有风度的年轻人，脸上有刮胡子，剃须刀的样子，被赞美的话冲得沸沸扬扬。他说："福尔摩斯先生，我现在正处于我的生活中。""如果我能得到戈尔里亚诺-"

"什么！红色圆圈的戈尔贾诺？"

"哦，他在欧洲享有盛名，对吗？好吧，我们已经在美国了解了他的全部情况。我们知道他在五十起谋杀案中处于低谷，但是我们没有任何积极的态度可以接受他。我追踪了他从纽约过来，我在伦敦已经和他接近了一个星期，等着借口把我的手放在他的衣领上，格雷格森先生和我在那座大公寓房里把他摔倒在地，只有一扇门，所以他不能让我们溜走。自从他进去以来，有3个人出来，但我发誓他不是其中之一。"

格雷格森说："福尔摩斯先生谈到信号。""我希望像往常一样，他知道很多我们不知道的事情。"

霍姆斯用几句话清楚地向我们解释了这种情况。美国人愤怒地打了他的手。

"他在我们身上！"他哭了。

"你为什么这么认为？"

"好吧，是这样算出来的，不是吗？他在这里，向同伙发信息-他的几个帮派在伦敦。然后突然间，就像您自己说的那样，他告诉他们有危险，他挣脱了，这是什么意思，除了他突然从窗户上看到街上有人看见我们，或者以某种方式了解危险有多近，如果他必须立即采取行动，那意味着什么？是要避免吗？福尔摩斯先生，您有什么建议？"

"我们马上起来，自己看看。"

"但我们无权逮捕他。"

格雷格森说："在可疑的情况下，他在空无一人的房屋里。""目前就足够了。当我们紧紧抓住他时，我们可以看到纽约是否不能帮助我们保留他。我将负责现在逮捕他。"

我们的官方侦探在情报方面可能会犯错误，但在勇气方面则不会。格雷格森爬上楼梯，以与他本应登上苏格兰院子的正式楼梯相同的绝对安静和有风度的方位逮捕这名绝望的凶手。这名平克顿男子曾试图将他推过去，但格里格森坚决地将他肘了回来。伦敦的危险是伦敦部队的特权。

第三次降落时左侧公寓的门半开着。格雷格森将其推开。绝对是一片寂静与黑暗。我打了一根火柴，点燃了侦探的灯笼。当我这样做时，随着闪烁的火焰稳定下来，我们所有人都大吃一惊。在无地毯的交易板上，勾勒出一条鲜血的轮廓。红色的台阶指向我们，并从一扇内室关闭了。格雷格森把它扔开，在他面前保持着光芒，而我们所有人都热切地凝视着他的肩膀。

空荡荡的房间地板中间是一个巨大男人的身影，他那整洁，剃黑的脸因扭曲而异常恐怖，他的头被深红色的鲜血环环抱，躺在湿的大圆圈上。白色的木制品。他的膝盖被抬起，双手被痛苦地甩开，从他那宽阔，棕色，上翘的喉咙的中心伸出刀刃的白色刀柄，深深地刺入了他的身体。像他一样巨大的男人，在那可怕的一击之前，这个男人一定像极地牛一样跌倒了。在他的右手旁边，地板上放着一个最厉害的牛角处理，两刃匕首，在它附近是黑色的小孩子手套。

"乔治！这是黑戈尔贾诺本人！"美国侦探哭了。"这次有人领先于我们。"

格雷格森说："这是窗户上的蜡烛，福尔摩斯先生。""为什么，你在做什么？"

福尔摩斯跨过了，点燃了蜡烛，并前后穿过玻璃窗。然后他凝视着黑暗，将蜡烛熄灭，然后扔到地板上。

他说："我宁愿会有所帮助。"当两名专业人员正在检查尸体时，他走了过来，陷入了沉思。他最后说："你说当你在楼下等着三个人从公寓出来。""你仔细观察了吗？"

"是的，我做到了。"

"有大约三十个中等大小的黑胡子黑的家伙吗？"

"是的；他是最后一位通过我的人。"

"我想是你的人。我可以给你他的描述，我们对他的足迹有很好的概括。对你来说就足够了。"

"不多，福尔摩斯先生，在数百万伦敦中。"

"也许没有。这就是为什么我认为最好召集这位女士来帮助你。"

我们都转过头来。在那里，门框处是一个高个子和美丽的女人-布卢姆斯伯里的神秘寄宿者。慢慢地，她前进，脸色苍白，对恐惧充满恐惧，双眼凝视，凝视着恐惧的目光，凝视着地板上的黑暗人物。

"你杀了他！"她喃喃自语。"哦，，你杀了他！"然后我听到她的呼吸突然突然吸了口气，她高兴地跳了起来。她在舞厅里转来转去，双手拍手，黑眼睛闪烁着令人惊奇的惊奇，从嘴唇上冒出一千个漂亮的意大利惊叹。看到这样的女人在这样的景象下被喜悦惊呆了，真是太可怕了。突然，她停了下来，凝视着我们所有人。

"但是你！你是警察，不是吗？你杀了朱塞佩·乔里亚诺。不是吗？"

"我们是警察，夫人。"

她坏顾房间的阴影。

"那那杰纳罗呢？"她问。"他是我的丈夫，詹纳罗·卢卡。我是艾米莉亚·卢卡，我们俩都是纽约人。詹纳罗在哪里？他现在从这个窗口叫我，我全速奔跑。"

霍姆斯说："是我打来的。"

"你！你怎么打来？"

"女士，您的密码并不难。您在这里的存在是可取的。我知道我只需要闪烁"，您肯定会来的。"

美丽的意大利人敬畏地看着我的同伴。

她说："我不知道你怎么知道这些事情。"她停了下来，"朱塞佩·戈尔基亚诺-他是怎么做到的"，然后突然她的脸上充满了自豪和喜悦。"现在我明白了！我的纳纳罗！我出色，美丽的纳纳罗，谁保护了我免受一切伤害，他做到了，他用自己有力的手杀死了怪物！哦，纳纳罗，你真是太好了！什么女人可以曾经值得过这样的人吗？"

"好吧，卢卡夫人，"平淡无奇的格雷格森说，把手放在女士的袖子上，几乎没有什么感觉，就像她是个流氓山丘上的小流氓。"我还不太清楚你是谁还是你是什么；但是你说得足够清楚，很清楚我们要在院子里接你。"

霍姆斯说："片刻，格雷格森。""我很想知道这位女士可能会尽可能地向我们提供信息。女士，女士，您的丈夫将被逮捕并为死在我们面前的那位男子的死而被审判？您怎么说？也许可以用作证据。但是，如果您认为他的举动不是出于犯罪目的，而是他希望知道的，那么您不能为他服务，而要告诉我们整个故事。"

这位女士说："既然戈尔吉亚诺死了，我们什么都不怕。""他既是魔鬼又是怪物，世界上没有法官会惩罚杀死我丈夫的丈夫。"

霍姆斯说："在这种情况下，我的建议是我们锁上这扇门，把发现的东西留在身边，跟这位女士一起去她的房间，在我们听到她必须说的话后形成我们的意见。给我们。"

半个小时后，我们全部四个人都坐在了西格诺拉·卢卡的小客厅里，听听她对那些险恶事件的非凡叙述，我们有幸见证了这些结局。她说英语的语言流利，流利，但非常不合常规。为了清楚起见，我会讲语法。

她说："我出生在那不勒斯附近的波西利波，是奥古斯托·巴雷利的女儿，奥古斯托·巴雷利是首席律师，曾是该部门的副手。根纳罗是我父亲的工作，所以我爱上了他，像任何女人一样，他既没有钱也没有地位-他只不过是美丽，力量和精力-所以我父亲禁止参加这场比赛。我们一起逃亡，在巴里结婚，卖掉我的珠宝以赚钱。我们到美国，这是四年前，从那以后我们一直在纽约。

"一开始的运气对我们来说是非常好的。詹纳罗能够为一位意大利绅士提供服务-他在一个叫做的地方把他从一些流氓那里救了出来，因此结成了一个有力的朋友。他的名字叫，他是纽约主要的水果进口国和的大公司的高级合伙人，签署人是无效的，我们的新朋友拥有该公司的全部权力，该公司拥有三百多名员工。他把我丈夫带到他的工作，让他担任部门主管，并以各种方式向他表示好意。签字人是一个单身汉，我相信他觉得根纳罗是他的儿子，我和我丈夫我爱他，就好像他是我们的父亲一样。我们在布鲁克林拿了一套小房子，并把它布置成小房子，当乌云出现并很快铺开我们的天空时，我们的整个未来似乎就得到了保证。

"有一天晚上，当纳纳罗从他的工作回来时，他把一个同乡带回了他。他的名字叫戈尔贾诺，他也来自波西里波。他是个大人物，你可以证明，你看过他的尸体不仅是巨人的尸体，而且周围的一切都是怪诞，巨大而可怕的，他的声音就像我们小房子里的雷声，说话时他的大臂旋转的空间很小。思想，他的情感，他的激情全都被夸大和怪异，他以甚至其他人只能坐下来聆听的能量说话或怒吼着，绕着滔滔不绝的言语，他的目光注视着你，紧紧地抱着你怜悯，他是一个可怕而奇妙的人，我感谢上帝，他已经死了！

"他一次又一次地来。但是我知道，詹纳罗并不比我在他面前时感到高兴。我可怜的丈夫会面无表情，坐立不安，听着无数关于政治和社会问题的热烈讨论，这构成了我们来访者的谈话。詹纳罗什么也没说，但是我非常了解他，我可以从他的脸上读出一些我以前从未见过的情感。起初，我认为这是不喜欢的；然后，逐渐地，我明白了这不仅仅是那一天晚上-我读到他的恐怖之夜-那是恐惧-一种深切的，秘密的，逐渐减少的恐惧-我将双臂抱住他，并因他对我的爱以及他所珍视的一切恳求他不给我任何东西，并告诉我为什么这个大个子盖过他。

"他告诉我，我的内心在我听见的冰上变得冰冷。我可怜的纳纳罗，在他狂野而又火热的日子里，当时整个世界似乎都对他不利，他的思想因生活的不公正而发疯了，那不勒斯的社会，红色的圆圈，与旧的结盟，这个兄弟会的誓言和秘密很可怕，但是一旦统治，就不可能逃脱。当我们逃到美国时，认为他已经抛弃了一切关闭永远。他叫什么恐怖一个晚上在街上相遇了非常人谁发起了他在那不勒斯，巨，谁曾在意大利南部赚"死亡"的名字，因为他是红色的一个人他来到纽约避开意大利警察，他已经在这个新家中种下了这个可怕的社会的分支，这根纳罗告诉我，并给我看了他那天收到的传票。，在它的头上画了一个红色的圆圈，告诉他将要住小屋在某个日期，并且要求并命令他出席。

"那已经够糟了，但是还会变得更糟。我注意到一段时间以来，当戈尔贾诺来找我们时，就像他经常做的那样，晚上，他对我说了很多话；即使他对我丈夫说的话，他那可怕的，刺眼的野兽的眼睛总是向我转来转去，有一天晚上，他的秘密揭晓了，我唤醒了他内心所说的"爱"-一种蛮横的爱-野蛮人。当他来的时候回来了，他推开了他的路，抓住了我强大的手臂，将我拥抱在熊的怀抱中，用吻覆盖了我，恳求我与他走开。当纳纳罗进入并攻击他时，我在挣扎和尖叫。他无意识地击打了根纳罗，逃离了他永远都不能进入的房子，那天晚上我们是一个致命的敌人。

"几天后，会议来了。根纳罗带着一张脸告诉我，发生了一件可怕的事情。这比我们想象的要糟。社会的资金是通过勒索富有的意大利人并威胁他们来筹集的。如果他们拒绝钱，那就是暴力。似乎我们亲爱的朋友和恩人已经被联系上了；他拒绝屈服于威胁，他已经将通知交给了警察。由他们制成，以防止其他受害者叛乱，在会议上安排他和他的房屋炸药炸毁，关于谁应该执行契约有很多建议。根纳罗看到我们敌人的残酷行为当他把手伸进书包时，他对着他微笑着，毫无疑问，它已经以某种方式预先安排好了，因为致命的碟子上面印有红色圆圈，谋杀的任务已经摆在了他的手掌上。杀死他最好的朋友，否则他将使自己和我暴露于同志们的报仇中。这是他们恶魔系统的一部分，不仅伤害他们自己的人，而且伤害他们所爱的人，以惩罚他们敬畏或憎恨的人，而这正是对我可怜的根纳罗的恐怖的恐惧，使他几乎疯了担心。

"整晚，我们坐在一起，双臂互相缠绕，为摆在我们面前的种种麻烦相互加强。第二天晚上已经准备好进行这次尝试。到中午时分，我和我丈夫正前往伦敦，但在此之前，他没有向我们的恩人充分警告过这种危险，并且还向警方留下了可以保护他未来生命的信息。

"其他人，先生们，你们自己知道。我们确定我们的敌人会像我们自己的影子一样在我们身后。戈尔贾诺有自己报仇的私人理由，但无论如何，我们知道他会多么残酷，狡猾和不倦意大利和美国都充满着关于他可怕的力量的故事，如果他们被施加了，那将是现在。我的宝贝儿利用了我们开始时给我们安排的避难所的几天对于他自己而言，他希望自己可以自由地与美国人和意大利警察交流，我自己也不知道他住的地方或生活方式，我所学到的一切都是通过报纸的栏目。但是当我透过窗户看时，我看到两个意大利人在看这所房子，并且我知道戈尔贾诺以某种方式找到了我们的隐居之所，最后根纳罗通过报纸告诉我，他会发信号通知我从某个窗口进入，但是当信号传来时 只是警告而已，这些警告突然被打断了。现在对我来说很清楚，他知道戈尔基亚诺离他很近，感谢上帝！他来的时候为他准备好了。现在，先生，我想问你，我们是否有任何需要担心的法律，或者是地球上有任何法官会谴责我的纳纳罗的所作所为？"

"恩，格雷格森先生，"美国人对官员说，"我不知道您的英国观点可能是什么，但我想在纽约，这位女士的丈夫将获得相当大的选票。谢谢。"

格雷格森回答："她将不得不和我一起去见团长。""如果她说的话得到佐证，我认为她或她的丈夫不必担心太多。但是，福尔摩斯先生，我无法弄清自己的头或尾，是怎么使您自己陷入混乱的。"

"教育，格雷格森，教育。仍然在旧大学里寻求知识。好吧，沃森，您又有一个悲剧和怪诞的标本要添加到您的收藏中。顺便说一下，现在还不是八点，还有一个瓦格纳晚上在考文特花园！如果我们赶时间，我们可能赶时间第二幕。"

www.ingramcontent.com/pod-product-compliance
Lightning Source LLC
LaVergne TN
LVHW021750060526
838200LV00052B/3566